AF397684

Momentaufnahme des Herzens

Glenda Peti

Autorin: Glenda Peti
Bildquelle: Midjourney

ISBN: 9783946585480

Teilweise kam für dieses Buch künstliche Intelligenz zum Einsatz

*Dies ist eine frei erfundene Geschichte.
Ähnlichkeiten mit real existierenden Personen sind zufällig und nicht beabsichtigt.*

Inhaltsverzeichnis

Kapitel 1

Emma stand vor dem Spiegel in ihrem Zimmer, die Kamera bereits um ihren Hals gehängt, bereit für ihre tägliche Fotoexpedition in den Wald.

Ihre Finger glitten sanft über die einfache, aber elegante Kette, die sie trug – ein Geschenk von Leo, ihrem ehemaligen besten Freund, der nun im Gefängnis saß.

Sie hatte sie seit dem Tag getragen, an dem er sie ihr geschenkt hatte, als ständiges Symbol ihrer Verbundenheit und der unbeschwerten Tage ihrer Kindheit.

Der Gedanke an Leo und die Ungewissheit seiner Zukunft ließen sie für einen Moment innehalten.

«Ich habe dich nie vergessen, Leo», flüsterte sie leise, fast als könnte er sie hören.

Mit einem tiefen Atemzug drehte sie sich um und verließ das Haus, die

Kamera fest in der Hand, bereit, die Schönheit und Stille des Waldes einzufangen, unwissend, dass dieser Tag ihr Leben verändern würde.

Das Licht des späten Nachmittags fiel in goldenen Strahlen durch das dichte Blätterdach, als Emma ihren Lieblingsplatz im Wald erreichte.

Mit ihrer Kamera in der Hand hielt sie inne, um das Schauspiel des Lichts einzufangen. Mit ihrer Kamera in der Hand und einem Rucksack voller Objektive und Snacks auf dem Rücken fühlte sie sich lebendig, fast so, als würde sie mit der Natur selbst verschmelzen.

Sie hatte diesen Ort immer als ihre Zuflucht betrachtet, einen Ort, an dem die Stille des Waldes ihre Gedanken beruhigte und ihre Kreativität anregte.

Sie kniete sich nieder, das Moos weich unter ihren Knien, und zielte auf das Zusammenspiel von Licht und Schatten, das sich auf dem Waldboden abzeichnete. Ihre Kamera klickte leise, als sie die Szenerie festhielt – eine stille Symphonie in Grün und Gold.

Ein paar Schritte weiter entdeckte sie einen alten Baum, dessen Rinde von Moos und Flechten überzogen war. Das Licht fiel auf den Baum in einem perfekten Winkel, der die Textur der Rinde hervorhob.

Emma spürte, wie ihre Augen aufleuchteten, während sie die Kamera einstellte und die Szene durch den Sucher betrachtete. Das Klicken des Auslösers war wie Musik in ihren Ohren, ein Beweis dafür, dass sie im richtigen Moment am richtigen Ort war.

In diesem Moment, mit der Kamera in der Hand, fühlte sie sich vollkommen und tief verbunden mit der Welt um sie herum.

Plötzlich hörte sie ein Rascheln im Unterholz. Emma hob den Blick von ihrer Kamera und sah eine Gestalt, die langsam durch die Bäume auf sie zukam. Ihr Herz klopfte schneller, als sie erkannte, wer es war – Leo.

Leo war nicht mehr der Junge aus ihrer Kindheit. Die Zeit im Jugendgefängnis hatte ihn verändert; er wirkte älter, härter. Seine Augen, einst voller Leben und Neugier, schienen nun von einer schweren Last beschattet.

«Hallo, Emma», sagte er mit einer Stimme, die tiefer und rauer klang als in ihrer Erinnerung.

Ihr erster Impuls war, wegzulaufen, sich von den Gerüchten und der Vergangenheit, die Leo umgaben, zu distanzieren.

Doch etwas in seinem Blick hielt sie fest, eine Mischung aus Reue und Hoffnung.

«Hallo, Leo», antwortete sie schließlich, ihre Stimme unsicher. «Du bist zurück.»

Als er näher kam, fiel sein Blick auf die Kette an ihrem Hals. Ein Moment der

Stille trat ein, und ihre Blicke trafen sich.

«Du trägst sie immer noch», sagte Leo leise, seine Stimme überrascht und berührt zugleich. Die Kette funkelte im gedämpften Licht des Waldes, ein stilles Zeugnis ihrer langjährigen Verbindung.

Emma fasste die Kette, ihre Finger strichen sanft über den Anhänger.

«Immer», erwiderte sie mit einem leisen, aber festen Ton.

Ein Moment des Schweigens hing zwischen ihnen, gefüllt mit unausgesprochenen Fragen und der Schwere dessen, was Leo durchgemacht hatte.

«Ich bin gerade erst zurückgekommen», sagte er leise. «Es ist… anders, wieder hier zu sein.»

Emma nickte, unsicher, was sie sagen oder tun sollte.

Als Emma den Wald hinter sich ließ und den Pfad zu ihrem Zuhause einschlug, spürte sie, wie die Begegnung mit Leo in ihr nachhallte. Ihr Geist war ein Wirrwarr aus Erinnerungen und Fragen. Sie erinnerte sich an den Jungen, der früher in ihrer Straße Fahrrad gefahren und im Sommer Limonadenstände errichtet hatte. Der Junge, der immer bereit war zu lachen und zu träumen.

Emma denkt an den Tag zurück, bevor Leo verhaftet wurde. Sie hatten zusammen in ihrem Geheimversteck im Wald gesessen, einem alten, verlassenen Baumhaus. Leo hatte ihr die Kette geschenkt, ein einfaches, aber schönes Stück, das er selbst gemacht hatte.

«Damit du mich nicht vergisst», hatte er gesagt.

Sie hatte gelacht und geantwortet: «Das könnte ich nie.»

Doch das Bild des Jungen passte nicht zu dem Leo, den sie gerade getroffen hatte.

Ihre Mutter, eine Frau mit sanften Augen und einem liebevollen Herzen, stand am Küchenfenster, als Emma eintrat.

«Du bist spät dran», bemerkte sie mit einem Blick auf die Uhr. «Alles in Ordnung?»

Emma nickte, setzte sich an den Küchentisch und begann, ihre Ausrüstung abzupacken.

«Ich habe Leo im Wald getroffen», sagte sie beiläufig, beobachtend, wie ihre Mutter darauf reagierte.

Ihre Mutter seufzte tief.

«Leo, hm? Er ist also zurück. Ich habe gehört, er wurde entlassen. Es muss hart für ihn sein, wieder hier zu sein.»

«Denkst du, er hat sich verändert?», fragte Emma, während sie mit einem Objektivdeckel spielte.

«Ich weiß es nicht, Liebes», antwortete ihre Mutter nachdenklich. «Die Menschen können sich ändern, vor allem nach dem, was er durchgemacht hat. Aber sei vorsichtig, Emma.»

Emma spürte, wie sich ihre Stirn in Falten legte. Sie wollte an das Gute in Leo glauben, an die Erinnerungen ihrer Kindheit. Doch die Worte ihrer Mutter hallten in ihr nach.

Später, allein in ihrem Zimmer, blätterte Emma durch ein altes Fotoalbum. Dort fand sie ein Bild von Leo und ihr, wie sie im Park spielten. Es zeigte Emma und Leo als Kinder, lachend auf einer Schaukel. Die Erinnerung an diesen Tag flutete zurück.

Emma erinnerte sich, wie Leo sie immer höher schubste, bis sie das Gefühl hatte, fliegen zu können.

«Pass auf, dass du nicht abstürzt!», rief er lachend. Sie erinnerte sich an die Sicherheit, die sie in seiner Gegenwart fühlte, und daran, wie sie damals, als Kinder, unzertrennlich waren.

Sie setzte sich an ihren Schreibtisch und schaltete die Schreibtischlampe ein, die einen warmen Schein auf ihre Kamera und die darauf wartenden Fotos warf.

Vorsichtig entnahm sie die Speicherkarte und steckte sie in ihren Laptop.

Während die Bilder auf dem Bildschirm erschienen, fühlte Emma, wie sich ihr Herzschlag beschleunigte. Jedes Foto erzählte eine eigene Geschichte – die des Waldes, die des Lichts, die von Leo. Sie blieb bei dem Bild von Leo hängen, das etwas in ihr berührte. Sein Gesicht, eingefangen in einem Moment der Verletzlichkeit, wirkte fast fremd im Vergleich zu dem Jungen, den sie einst kannte.

Nachdenklich lehnte sie sich zurück und ließ ihren Blick über die anderen Bilder schweifen. Sie zeigten den Wald, wie er im goldenen Licht badete, Momente stiller Schönheit, die sie so liebte.

Doch das Bild von Leo blieb in ihrem Kopf haften – es war mehr als nur ein Foto, es war ein Fenster in eine Welt, die sie zu verstehen versuchte.

In dieser Nacht fand Emma wenig Schlaf. Die Gedanken an Leo, an das, was er gewesen war und was er vielleicht geworden war, kreisten in ihrem Kopf. Sie wusste, dass sie Antworten finden musste, sowohl für sich selbst als auch für ihn.

Kapitel 2

In der Schule hielt Emma ihre Kamera fest in der Hand, als wäre sie eine Verlängerung ihres eigenen Körpers.

Sie bewegte sich leise durch die Gänge, die Linse immer bereit, die subtilen Veränderungen um sie herum festzuhalten.

Ihr Blick fiel auf eine Gruppe flüsternder Schüler, die unsicher dreinblickten.

Unbemerkt positionierte sie sich und machte eine Aufnahme, die genau diesen Moment der Unruhe einfing, der durch Leos Rückkehr entstanden war.

Emma setzte ihren Weg fort, die Kamera immer im Anschlag. Sie fing einen Lehrer ein, der nachdenklich auf Leos leeren Stuhl blickte, und Schüler, die sich in kleinen Gruppen zusammenfanden, die Augen voller Fragen und Gerüchte.

Jedes Foto war ein stiller Zeuge der veränderten Atmosphäre in der Schule, eine visuelle Chronik der unsichtbaren Spannungen, die sich durch die Korridore zogen.

Sie fühlte, wie ihr Herz bei jedem Klick der Kamera ein wenig schwerer wurde. Diese Fotos waren nicht nur einfache Schnappschüsse; sie waren Dokumente einer Realität, die sich verändert hatte, Zeugnisse der stillen Stürme, die unter der Oberfläche brodelten.

Sophie, Emmas beste Freundin seit der Grundschule, wartete bereits auf sie.

«Hast du es schon gehört?», fragte Sophie aufgeregt, kaum dass Emma in Hörweite war. «Leo ist zurück.»

Emma nickte, öffnete ihr Schließfach und blickte Sophie direkt an.

«Ich weiß. Ich bin ihm gestern im Wald begegnet.»

Sophies Augen weiteten sich. «Wirklich? Wie war er? Erzähl mir alles!»

Emma zögerte, suchte nach den richtigen Worten.

«Er war… anders. Still. Es war komisch, ihn nach all der Zeit zu sehen. Ich weiß nicht, was ich davon halten soll.»

«Ich finde das beängstigend», gestand Sophie. «Wer weiß, was er getan hat. Du solltest dich von ihm fernhalten, Emma.»

Die Worte trafen Emma härter als erwartet. Sie wusste, dass Sophie nur besorgt war, aber es fühlte sich an, als würde sie vorschnell urteilen.

«Vielleicht verdient er eine zweite Chance», entgegnete Emma leise, mehr zu sich selbst als zu Sophie.

Bevor Sophie antworten konnte, näherten sich einige ihrer Mitschüler.

«Habt ihr von Leo gehört? Der Kerl ist zurück aus dem Knast!», sagte einer von ihnen, ein Junge namens Tyler.

«Keiner weiß genau, was er damals getan hat. Er früher schon gefährlich», fügte ein Mädchen hinzu. «Ich wette, er hat sich kein bisschen geändert.»

Emma spürte, wie ihre Fäuste sich ballten. Sie wollte nicht, dass Leos Geschichte so einseitig gesehen wurde, aber sie wusste auch nicht genug, um dagegen anzukommen.

Der Rest des Schultages verging in einem Dunst aus Gerüchten und Spekulationen. Emma fand sich immer wieder in Gedanken versunken, während sie versuchte, ihre eigenen Gefühle und die Geschichten, die sie hörte, zu entwirren.

Nach der Schule ging Emma alleine nach Hause. Sie brauchte Zeit zum Nachdenken, Zeit, um ihre Gedanken zu ordnen. Sie musste herausfinden, was sie wirklich über Leo dachte – abseits der Gerüchte und der Ängste ihrer Freunde.

Kapitel 3

Nach einem Tag voller Flüstern und fragender Blicke fühlte sich Emma erschöpft, als sie Leos Haus erreichte.

Es war ein einfaches, etwas heruntergekommenes Gebäude am Ende ihrer Straße, umgeben von einem ungepflegten Garten. Sie zögerte einen Moment, bevor sie den Mut fand, an die Tür zu klopfen. Leo, der zwei Jahre älter war als Emma, wohnte dort allein. Das Haus hat Leos Familie von seinen Großeltern geerbt. Leos Eltern sind dort weggezogen, als Leo ins Gefängnis kam.

Leo öffnete, seine Miene vorsichtig überrascht. «Emma? Was machst du hier?»

«Ich… ich wollte mit dir reden. Darf ich reinkommen?»

Ihre Stimme zitterte leicht, aber ihre Entschlossenheit war klar.

Leo nickte und trat beiseite, um sie einzulassen. Das Innere des Hauses war spartanisch eingerichtet, mit wenig Anzeichen eines Familienlebens. Sie setzten sich in das bescheidene Wohnzimmer, und eine unbehagliche Stille breitete sich aus.

Emma dachte an einen kalten Winterabend zurück, als sie und Leo versuchten, einen Schneemann im Vorgarten zu bauen.

Sie war zehn und er zwölf, und Leo hatte einen schiefen Hut gefunden, den sie dem Schneemann aufsetzten. Sie lachten über dessen krumme Karottennase, und Leo hatte gesagt: «Siehst du, Emma, Perfektion ist langweilig. Es sind die Unvollkommenheiten, die Erinnerungen besonders machen.»

Emma räusperte sich und brach das Schweigen. «Wie fühlst du dich, jetzt, da du zurück bist?»

Leo schaute aus dem Fenster, seine Augen nachdenklich.

«Es ist seltsam. Alles fühlt sich anders an. Ich weiß, dass die Leute reden, dass sie mich anders sehen. Mit meinen Eltern habe ich auch noch nicht gesprochen. Sie haben nicht einmal auf meine Briefe reagiert. Sie haben mich schon damals mit Ignoranz bestraft. So, als wäre ich ein Schwerverbrecher.»
«Und wie siehst du dich?», fragte Emma leise.
Ein Seufzer entwich ihm.
«Ich habe Fehler gemacht, Emma. Große Fehler. Aber ich habe auch viel über mich selbst gelernt. Ich möchte nur vorwärtskommen, verstehst du?»
Emma nickte, ihre Augen auf ihn gerichtet.
«Ich glaube, ich verstehe. Aber es ist schwer, gegen die Gerüchte anzukommen.»
«Das weiß ich. Ich erwarte nicht, dass jemand vergisst, was ich getan haben soll. Aber ich bin nicht mehr derselbe Mensch.»

Leos Stimme war bestimmt, aber in seinen Augen lag eine Verletzlichkeit, die Emma zuvor nie bei ihm gesehen hatte.

Sie schwiegen eine Weile, jeder in seinen Gedanken verloren.

Dann griff Emma spontan nach ihrer Kamera.

«Leo, darf ich dich fotografieren?», fragte sie, eine Mischung aus Respekt und Neugier in ihrer Stimme.

«In deinen Augen… da scheint eine Geschichte zu stecken, die es wert ist, erzählt zu werden.»

Leo zögerte einen Moment, dann nickte er langsam.

Während Emma die Kamera auf ihn richtete, konnte sie sehen, wie er sich entspannte, fast als würde er sich in das Schicksal seiner eigenen Geschichte ergeben.

Durch den Sucher ihrer Kamera sah Emma mehr als nur Leos Gesicht; sie sah die Spuren der Vergangenheit, die sich in seinen Zügen abzeichneten. Sie fokussierte auf seine Augen, die einst voller Leben gewesen waren und jetzt von einer tiefen Schwermut beschattet schienen.

Ihr Finger drückte sanft auf den Auslöser, und das Geräusch des Klicks erfüllte den Raum zwischen ihnen.

«Danke», sagte sie leise, als sie die Kamera sinken ließ.

In diesem kurzen Moment hatte sie eine Verbindung zu Leo gespürt, eine stille Kommunikation, die über Worte hinausging.

Dann stand Emma auf.

«Ich sollte gehen. Aber ich bin froh, dass wir gesprochen haben.»

Als sie zur Tür ging, rief Leo ihr nach.

«Danke, Emma. Dass du gekommen bist und mir zugehört hast.»

Auf dem Heimweg fühlte sich Emma verwirrt, aber auch erleichtert. Sie hatte gesehen, dass hinter den Gerüchten und der harten Fassade ein echter Mensch steckte.

Kurz bevor sie zu Hause ankam, gingen ihr seine Worte noch einmal durch den Kopf.

«Ich erwarte nicht, dass jemand vergisst, was ich getan haben soll.»

Getan haben soll? Hat er vielleicht überhaupt kein Verbrechen begangen?

Kapitel 4

Emma war auf dem Weg zur Bibliothek, als sie zufällig Lukas traf, einen Jungen aus ihrer Schule, der früher zu Leos Freundeskreis gehört hatte.

Lukas war ein ruhiger Typ, der meistens im Hintergrund blieb, aber Emma wusste, dass er mehr über Leo und seine Vergangenheit wusste als die meisten anderen.

«Lukas, warte mal», rief sie, als sie ihn erreichte.

Er drehte sich um, überrascht, aber nicht abweisend.

«Hey, Emma. Was gibt's?»

«Ich… ich habe eine Frage zu Leo», begann Emma zögernd. «Über das, was passiert ist. Warum er verhaftet wurde.»

Lukas' Blick verdunkelte sich.

«Das ist eine lange Geschichte. Warum interessiert dich das?»

«Ich glaube, er verdient eine faire Chance. Ich möchte einfach nur die Wahrheit wissen.»

Nach einem Moment des Zögerns seufzte Lukas.

«Okay. Aber nicht hier. Komm, lass uns irgendwo hinsetzen, wo wir ungestört reden können.»

Sie fanden einen ruhigen Platz in einem nahegelegenen Park. Lukas erzählte ihr, dass Leo in Wirklichkeit unschuldig war.

Er hatte einem Freund, Jason, geholfen, ohne zu wissen, dass dieser einen Einbruch geplant hatte. Jason hatte Leo mit dem Auto draußen warten lassen. Leo dachte, Jason besucht nur jemanden.

Der hat aber den Besitzer des Hauses brutal zusammengeschlagen und war dann mit der Beute verschwunden, als die Polizei auftauchte.

Einen Teil davon hatte er jedoch in Leos Auto platziert, weshalb die Polizei diesen direkt verhaftet hat.

Emma war schockiert.

«Und Leo hat nie versucht, das klarzu-stellen? Warum hat er die Schuld auf sich genommen?»

«Leo ist so einer. Er wollte Jason nicht verraten, dachte, er könnte die Strafe abmildern. Und, naja, Jason kann einem auch echt Angst machen. Die Polizei hätte es vielleicht aufklären können. Aber es kam anders. Aus irgendeinem Grund, vielleicht auch der Hoffnung, dass die Strafe dann nicht so extrem ausfällt, gestand Leo die Tat. Und wurde eingebuchtet», erklärte Lukas.

Die Geschichte ließ Emma nachdenk-lich zurück. Sie dankte Lukas und machte sich auf den Weg nach Hause, ihr Kopf voller Gedanken.

Wenn das stimmte, was Lukas sagte, dann war Leo nicht der, für den alle ihn hielten. Er war kein Übeltäter, sondern war reingelegt worden.

Sie erinnerte sich an einen Tag in der Schule, als Leo einen Kunstwettbewerb gewann. Er hatte ein Porträt gemalt, voller Farben und Emotionen. Als er den Preis entgegennahm, sah er zu Emma hinüber und zwinkerte ihr zu. Sie erinnert sich daran, wie stolz sie war und wie voller Hoffnung Leo damals aussah.

Emma wusste, dass sie mehr Informationen brauchte. Sie musste mit Leo sprechen, ihn direkt konfrontieren. Vielleicht konnte sie ihm helfen, seine Geschichte zu erzählen und seinen Namen reinzuwaschen.

Kapitel 5

Emma fand Leo allein auf dem Basketballplatz hinter der Schule. Er warf Bälle in den Korb, jede Bewegung ein Ausdruck tiefer Konzentration. Emma zögerte einen Moment, bevor sie auf ihn zuging.

«Leo», rief sie.

Er hielt inne und drehte sich um, ein Ausdruck der Überraschung auf seinem Gesicht.

«Emma? Was machst du hier?»

«Ich muss mit dir reden. Es ist wichtig.» Emmas Stimme war fest, ihre Entschlossenheit deutlich.

Leo legte den Ball beiseite und trat näher.

«Was gibt's?»

Emma atmete tief durch.

«Ich habe mit Lukas gesprochen. Über den Einbruch und die Körperverletzung, für die du verhaftet wurdest. Er hat mir erzählt, dass du unschuldig bist, dass du für jemand anderen die Schuld auf dich genommen hast.»

Für einen Moment schien Leo wie erstarrt, dann senkte er den Blick.

«Ich weiß nicht, wovon du redest», murmelte er.

«Bitte, Leo. Du kannst mir vertrauen. Ich möchte dir helfen, aber ich kann es nur, wenn du ehrlich zu mir bist.»

Lange Sekunden der Stille vergingen, bevor Leo schließlich sprach.

«Es ist wahr», gab er leise zu. «Ich war nur der Fahrer. Ich wusste nicht, was Jason vorhatte. Aber als alles schiefging, konnte ich ihn nicht verraten. Ich dachte, ich könnte das alles selbst regeln. Ich dachte, meine Eltern würden mir bestimmt helfen und mir einen guten Anwalt suchen. Stattdessen haben sie mich verstoßen.»

Emma spürte, wie sich ihr Herz bei seinen Worten zusammenzog.

«Warum hast du dich nicht verteidigt? Warum hast du all das auf dich genommen?»

Leo schaute auf, seine Augen voller Schmerz.

«Der Pflichtverteidiger war ein Idiot. Er glaube mir nicht, dass ich es nicht war. Und meinte, wenn ich alles zugebe, dann würde es schon nicht so schlimm werden.»

Emma legte ihre Hand auf seine Schulter.

«Du hast eine große Last getragen, Leo. Aber du musst das nicht alleine tun. Wir werden die Wahrheit beweisen, gemeinsam.»

Leo sah sie an, ein Funke Hoffnung in seinen Augen.

«Denkst du wirklich, dass das jetzt noch einen Unterschied machen würde?»

«Ja», antwortete Emma bestimmt. «Jeder verdient die Chance, seine

Geschichte zu erzählen. Lass uns deine öffentlich machen.»

In diesem Moment fühlte Emma eine tiefe Verbindung zu Leo, ein Verständnis, das über Worte hinausging. Sie wusste, dass der Weg vor ihnen nicht einfach sein würde, aber sie war bereit, an seiner Seite zu stehen.

Sie saß abends auf dem Rand ihres Bettes, die Kette fest in ihrer Hand. Das Metall fühlte sich kalt und doch irgendwie tröstlich an. Sie betrachtete das kleine Kunstwerk, ein Symbol der Hoffnung und des Glaubens an Leo.

«Du warst immer unschuldig», dachte sie, während sie die Kette ansah, ihre Finger strichen sanft über den Anhänger. In ihrem Herzen spürte sie eine Mischung aus Traurigkeit über die verlorene Zeit und Entschlossenheit, Leos Namen zu reinigen.

Die Kette, einst ein Geschenk der Freundschaft und Unbeschwertheit, war nun ein Bote der Wahrheit und der Gerechtigkeit.

Sie legte die Kette zurück um ihren Hals, ihr Gewicht war mehr als nur physisch – es war das Gewicht einer Mission, die sie nun zu erfüllen hatte.

Emma nahm einen tiefen Atemzug, entschlossen, alles zu tun, was nötig war, um Leos Unschuld zu beweisen.

In den folgenden Tagen trafen sich Emma und Leo regelmäßig, um ihren Plan auszuarbeiten.

Sie wussten, dass sie vorsichtig vorgehen mussten, um nicht unnötig Aufmerksamkeit zu erregen oder Jason zu alarmieren.

«Wir sollten mit Leuten sprechen, die Jason kannten, bevor er die Stadt verließ», schlug Emma vor. «Vielleicht gibt es jemanden, der sich an etwas Wichtiges erinnert, das uns helfen könnte.»

Leo nickte zustimmend.

«Gute Idee. Ich kenne noch ein paar Leute aus der alten Clique, die vielleicht bereit wären zu reden.»

Gemeinsam erstellten sie eine Liste von Personen, die sie kontaktieren wollten.

Sie planten, sich an neutralen Orten wie Cafés oder Parks zu treffen, um die Gespräche diskret und unauffällig zu führen.

Während sie arbeiteten, spürte Emma, wie sich ihre Beziehung zu Leo vertiefte. Sie bewunderte seine Entschlossenheit und seinen Mut, sich seiner Vergangenheit zu stellen. Leo seinerseits fühlte sich gestärkt durch Emmas Glauben an ihn und ihre unerschütterliche Unterstützung.

In den kommenden Tagen führten sie eine Reihe von Gesprächen mit ehemaligen Freunden und Bekannten von Jason. Die meisten waren zögerlich, über Jason zu sprechen, einige aus Angst, andere aus Loyalität. Aber nach und nach sammelten sie wertvolle Informationen.

Ein Durchbruch kam, als sie mit einem ehemaligen Freund sprachen, der anonym bleiben wollte. «Jason hat damals mit mir über einen großen Coup gesprochen», verriet er. «Er wollte jemanden ausrauben, aber ich dachte, er scherzt nur. Ich wusste nicht, dass er Leo dafür benutzen würde. Heute hat er noch viel mehr getan, als nur einen Einbruch zu begehen.»

Diese Aussage war der erste konkrete Hinweis darauf, dass Jason tatsächlich der Drahtzieher hinter dem Einbruch war. Emma und Leo wussten, dass dies allein noch nicht ausreichen würde, um Leos Unschuld zu beweisen, aber es war ein Anfang.

«Wir sind auf dem richtigen Weg», sagte Leo, als sie später allein waren. «Das alles… es wäre mir ohne dich nicht möglich gewesen.»

Emma sah in seine Augen und spürte, wie sich ein Band des Vertrauens und der Verbundenheit zwischen ihnen festigte. «Wir machen das zusammen, Leo. Bis zum Ende.»

Kapitel 6

Als Emma das nächste Mal Sophie traf, war die Atmosphäre angespannt. Sie trafen sich in ihrem üblichen Café, einem Ort, der früher von Lachen und leichten Gesprächen erfüllt war. Heute jedoch saß Sophie mit einem besorgten Blick auf der Stirn am Tisch.

«Emma, wir müssen reden», begann Sophie, ohne Umschweife. «Ich mache mir Sorgen um dich. Diese ganze Sache mit Leo… es wird immer gefährlicher.»

Emma seufzte, sie hatte diese Konfrontation erwartet.

«Sophie, ich verstehe deine Sorgen, wirklich. Aber ich kann jetzt nicht aufhören. Wir kommen der Wahrheit näher.»

«Aber was ist, wenn du dich selbst in Gefahr bringst? Was ist, wenn Jason herausfindet, was ihr macht?» Sophies Stimme zitterte leicht.

«Ich bin vorsichtig», versicherte Emma. «Und Leo auch. Wir wissen, was wir tun.»

Sophie schüttelte den Kopf.

«Es geht nicht nur um Vorsicht, Emma. Es geht darum, dass du vielleicht zu tief drinsteckst. Ich vermisse meine Freundin, die nicht ständig in Gefahr war.»

Emma spürte, wie ihr Herz schwer wurde.

«Ich vermisse das auch, Sophie. Aber ich kann Leo nicht im Stich lassen. Ich muss das zu Ende bringen, egal was es kostet.»

Die beiden Freundinnen saßen eine Weile schweigend da, jede in ihren Gedanken verloren. Schließlich stand Sophie auf.

«Ich hoffe nur, dass du weißt, was du tust. Pass auf dich auf, Emma.»

«Wir müssen mit Jason sprechen», sagte Leo entschieden, als sie in ihrem Versteck – einer abgelegenen Ecke der Bibliothek – ihren nächsten Schritt planten. «Vielleicht zeigt er eine Reaktion, die uns weiterhilft.»

Emma spürte, wie ihr Puls bei dem Gedanken beschleunigte.

«Das klingt gefährlich. Wir wissen nicht, wie er reagieren wird.»

«Ich weiß», erwiderte Leo. «Aber wir kommen an einen Punkt, an dem wir mehr Risiken eingehen müssen, um voranzukommen.»

Nach langen Diskussionen stimmte Emma widerstrebend zu. Sie arrangierten ein Treffen mit Jason unter dem Vorwand, Leo wolle einige alte Angelegenheiten klären.

Das Treffen fand in einem verlassenen Lagerhaus am Stadtrand statt, einem Ort, der genug Privatsphäre für solch eine heikle Begegnung bot. Emma und Leo kamen früh, ihre Nerven angespannt in Erwartung dessen, was kommen könnte.

Jason traf ein, sein Gang selbstsicher und sein Blick kalt.

«Leo, lange nicht gesehen. Und du hast deine Freundin mitgebracht», sagte er spöttisch, als er Emma bemerkte.

«Wir sind hier, um über die Nacht des Einbruchs zu sprechen», begann Leo direkt.

Jasons Augen verengten sich.

«Was gibt's da zu besprechen? Du warst dabei, du wurdest erwischt. Ende der Geschichte.»

«Aber ich war nicht der Einzige», entgegnete Leo. «Und du weißt das.»

Für einen Moment lag eine geladene Stille in der Luft. Emma beobachtete Jason genau, suchte nach Anzeichen von Schuld oder Angst.

Dann lachte Jason.

«Du willst mich wohl reinlegen, was? Denkst du, ich bin dumm?»

«Wir wissen, dass du mehr über den Einbruch weißt, als du zugeben willst», sagte Emma mutig.

Jasons Blick wanderte zwischen Leo und Emma hin und her.

«Ihr seid verrückt, wenn ihr denkt, dass ich etwas zugeben werde. Pass gut auf dich auf, Leo. Und du auch, Mädchen.» Mit diesen Worten drehte Jason sich um und verließ das Lagerhaus. Emma und Leo blieben zurück, unsicher, ob ihr Plan Erfolg hatte.

«Das hat uns nicht viel gebracht», sagte Emma enttäuscht.

«Vielleicht doch», meinte Leo nachdenklich. «Seine Reaktion… er hat definitiv etwas zu verbergen.»

Während sie das Lagerhaus verließen, wussten beide, dass ihre Aktion möglicherweise Konsequenzen haben würde. Doch sie fühlten sich auch bestärkt, näher an die Wahrheit herangekommen zu sein.

Sie gingen nach Hause und waren beide ziemlich aufgeregt. Sie hatten die versteckte Drohung von Jason verstanden und befürchteten, sie möglicherweise bald mit Gegenmaßnahmen von ihm rechnen mussten.

«Wir müssen schneller sein als er», sagte Emma, «Vielleicht gibt es noch andere, die etwas über Jason wissen und bereit sind zu sprechen.»

Sie nahm Leos Hand. «Egal, was passiert, wir stehen das gemeinsam durch», sagte sie mit fester Stimme.

Leo sah sie an, ein Ausdruck von Dankbarkeit und Zuneigung in seinen Augen. «Ja, das tun wir.»

Kapitel 7

In einer abgeschiedenen Ecke des Parks, umgeben von den spätsommerlichen Schatten der Bäume, saßen Emma, Leo und Sophie in einem ernsten Gespräch vertieft.

«Warum gehen wir eigentlich nicht zur Polizei mit dem, was wir haben?», fragte Sophie, ihre Stimme voller Sorge.

Emma und Leo tauschten einen Blick.

«Ich habe darüber nachgedacht», begann Emma, «aber ich befürchte, ohne handfeste Beweise könnten sie nicht viel tun. Und Leos Geschichte allein reicht vielleicht nicht aus, um Jason zu überführen.»

Leo nickte zustimmend.

«Außerdem», fügte er hinzu, «habe ich die Erfahrung gemacht, dass die Polizei nicht immer auf der Seite der Gerechtigkeit steht, besonders wenn der Fall in ihren Augen schon gelöst ist.»

Sophie runzelte die Stirn.

«Aber ist es nicht gefährlicher, es alleine zu machen? Was, wenn Jason etwas tut? Einen von euch angreift oder so? Was ihr von dem Typ erzählt habt… da läuft es mir eiskalt den Rücken runter. Der klingt echt brutal.»

«Das ist genau das Problem», erwiderte Emma. «Wir müssen schneller und klüger sein als er. Wir sind jetzt so nah dran, die Wahrheit herauszufinden. Wenn wir jetzt aufhören, könnte Jason ungeschoren davonkommen.»

Sie diskutierten weiter über die Risiken und waren sich einig, dass sie vorsichtiger vorgehen mussten.

«Okay», sagte Sophie schließlich, «ich verstehe eure Punkte. Aber lasst uns bitte keine unnötigen Risiken eingehen. Wir sollten einen Plan B haben, falls die Dinge aus dem Ruder laufen.»

Emma und Leo stimmten zu, dankbar für Sophies Unterstützung und praktischen Ansatz.

Sie beschlossen, ihre Bemühungen zu verdoppeln, um so schnell wie möglich genügend Beweise zu sammeln, die sie der Polizei präsentieren konnten.

Emma, Leo und Sophie teilten die Aufgaben unter sich auf, um so effizient wie möglich vorzugehen. Während Sophie online recherchierte und Informationen sammelte, trafen sich Emma und Leo mit Mike, einem ehemaligen Freund von Jason, der sich nun von der kriminellen Szene distanziert hatte.

«Ich will nichts mehr mit Jason zu tun haben», sagte Mike, seine Stimme angespannt. «Aber ich erinnere mich an die Nacht. Jason war aufgeregt, redete davon, groß abzukassieren. Er hat Leo nie ins Vertrauen gezogen, soweit ich weiß.»

«Könntest du das vor Gericht aussagen?», fragte Emma vorsichtig.

Mike zögerte.

«Ich weiß nicht. Das könnte gefährlich werden. Aber ich werde darüber nachdenken. Tut mir leid, Leo, dass ich mich nicht damals schon gemeldet habe. Ich stand total unter Jasons Einfluss.»
Leo nickt Mike zu.
«Ist ok, ich versteh das.»
Nach dem Treffen mit Mike fühlten sich Emma und Leo ermutigt, aber auch die Gefahr ihrer Lage wurde ihnen bewusster. Sie wussten, dass sie nicht viel Zeit hatten, bevor Jason möglicherweise gegen sie vorging.
Sophie hatte in der Zwischenzeit einige interessante Informationen online gefunden. Sie hatte sich in diversen Foren angemeldet.
«Es gibt Gerüchte, dass Jason in illegale Geschäfte verwickelt ist, auch in anderen Städten», teilte sie Emma und Leo mit. «Vielleicht können wir das nutzen, um mehr Druck auf ihn auszuüben.»
Trotz der Fortschritte wuchs die Spannung in der Gruppe. Die Drohungen,

die sie erhalten hatten, waren ein ständiges Hintergrundrauschen, das sie daran erinnerte, vorsichtig zu sein.

In einer ruhigen Nacht, als sie ihre Pläne für die kommenden Tage besprachen, fasste Emma Leos Hand. «Wir müssen stark bleiben», sagte sie. «Wir sind nah dran, die Wahrheit herauszufinden. Wir dürfen jetzt nicht aufgeben.»

Leo nickte, seine Augen voller Entschlossenheit.

«Wir gehen das zusammen durch. Bis zum Ende.»

Sophie, die neben ihnen stand, fügte hinzu: «Und ich werde alles tun, um euch zu helfen. Wir halten zusammen.»

Kapitel 8

Sophie, die man schon fast als Computergenie bezeichnen konnte, hatte es tatsächlich geschafft, sich ins Archiv der Sicherheitskameras der Straße einzuhacken, in der der Überfall damals stattgefunden hat.

«Wir haben echt Glück. Das sind noch alte Aufnahmen, die archiviert wurden. Heutzutage werden die Aufnahmen meistens innerhalb von 24 Stunden wieder überschrieben», erklärte sie den beiden.

Während sie in Leos kleinem Wohnzimmer saßen, breitete Sophie die ausgedruckten Sicherheitsaufnahmen vor ihnen aus.

«Seht euch das an», sagte sie. «Jason war in der Nähe, aber sie haben nie genug gegen ihn in der Hand gehabt.»
Emma studierte die Bilder.

«Vielleicht hat die Polizei einfach angenommen, dass Leo der Täter war. Ohne ein starkes Alibi oder die Mittel, sich zu verteidigen, war er ein einfaches Ziel.»

Leo nickte düster.

«Ich erinnere mich, wie sie Druck auf mich ausübten, um ein Geständnis zu bekommen. Ich hatte niemanden, der mich unterstützte, und sie nutzten das aus.»

Sophie sah betroffen aus.

«Das ist so unfair. Sie haben sich auf dich gestürzt, ohne die wahren Beweise zu berücksichtigen.»

«Genau», stimmte Emma zu. «Aber jetzt haben wir etwas Konkretes. Diese Aufnahmen und die Zeugenaussagen, die wir gesammelt haben, könnten ausreichen, um die Polizei zu überzeugen, den Fall wieder aufzunehmen.»

«Wir müssen strategisch vorgehen», fügte Leo hinzu. «Jason wird nicht ruhig zusehen, wie sein Name durch den Schmutz gezogen wird. Er wird zurückschlagen.»

«Wir sind bereit dafür», sagte Emma entschlossen. «Wir können nicht zulassen, dass du weiterhin für etwas büßt, das du nicht getan hast. Es ist an der Zeit, dass die Wahrheit ans Licht kommt.»

Die drei Freunde saßen zusammen, vereint in ihrem Ziel, den Fall zu lösen. Trotz der drohenden Gefahr durch Jason fühlten sie sich gestärkt durch ihre neu entdeckten Beweise und die Hoffnung, Leos Namen reinwaschen zu können.

Emma nahm ihre Kamera und begann, die Szene zu dokumentieren. Die Dringlichkeit ihrer Mission spiegelte sich in jedem Bild wider. Sie fotografierte Sophie, wie sie konzentriert auf ihrem Laptop tippte, und Leo, der nachdenklich Karten und Notizen studierte.

Die Fotos zeigten die Intensität ihrer Gesichter, die Eindringlichkeit ihrer Gesten und die Spannung, die in der Luft lag.

Emma fühlte, wie wichtig es war, diese Momente festzuhalten – nicht nur als Erinnerung, sondern auch als Zeugnis ihres Kampfes und ihrer Entschlossenheit.

In einer ruhigen Minute machte sie ein Foto von ihren eigenen Händen, wie sie eine alte Zeitung hielten, die einen Schlüssel zu ihrer Untersuchung barg. Dieses Bild symbolisierte ihre eigene Rolle in dieser Geschichte – als Beobachterin, Teilnehmerin und Chronistin.

«Wir machen das zusammen», sagte Sophie kurze Zeit später, ihre Hand auf die von Emma und Leo legend. «Es ist Zeit, Gerechtigkeit zu bringen.»

Mit neuem Mut und einem klaren Plan verließen sie Leos Wohnung.

Die nächste Phase ihres Kampfes begann gerade, und sie waren entschlossen, bis zum Ende zu gehen, um die Wahrheit zu enthüllen.

Sie saßen erneut in Leos Wohnzimmer, das nun zu ihrem inoffiziellen Hauptquartier geworden war. Nun breiteten sie alle gesammelten Beweise aus.

Die Aufnahmen, Zeugenaussagen und Recherchen bildeten zusammen ein starkes Argument für Leos Unschuld und Jasons Schuld.

«Wir sollten zuerst zu einem Anwalt gehen», schlug Emma vor. «Wir brauchen professionellen Rat, wie wir das am besten den Behörden präsentieren.»

Leo stimmte zu.

«Und wir sollten auf alles vorbereitet sein. Wenn Jason davon erfährt, wird er nicht einfach zusehen. Wir müssen wachsam bleiben.»

Sophie, die an ihrem Laptop arbeitete, nickte.

«Ich habe schon einen Termin mit einem Anwalt vereinbart, der sich auf solche Fälle spezialisiert hat. Er wird uns morgen treffen.»

Die Nacht brachte wenig Schlaf. Trotz ihrer Erschöpfung waren ihre Gedanken voller Strategien und möglicher Szenarien. Sie wussten, dass der kommende Tag entscheidend sein würde.

Am nächsten Morgen trafen sie sich mit dem Anwalt, Herrn Martinez, der ihre Beweise sorgfältig überprüfte.

«Das ist beeindruckend», sagte er. «Sie haben hier eine starke Sammlung an Beweisen. Ich denke, wir haben eine gute Chance, die Polizei zu überzeugen, den Fall neu zu öffnen.»

Er warnte sie jedoch vor den potenziellen Gefahren.

«Seien Sie vorsichtig. Wenn dieser Jason merkt, dass er in die Enge getrieben wird, könnte er unvorhersehbar reagieren. Auch wenn die Polizei den Fall neu aufrollt, wird sie wohl kaum für Polizeischutz sorgen.»

Nach dem Treffen mit Herrn Martinez fühlten sich Emma, Leo und Sophie gestärkt, aber auch angespannt. Sie beschlossen, in ständigem Kontakt zu bleiben und einander über jegliche ungewöhnliche Aktivitäten oder Begegnungen zu informieren.

«Wir sind fast am Ziel», sagte Leo, als sie sich auf den Weg machten. «Egal, was passiert, wir stehen das zusammen durch.»

Emma sah ihn fest an.

«Wir werden das durchstehen. Für die Wahrheit, für Gerechtigkeit.»

In ihren Herzen wussten sie, dass die kommenden Tage eine Herausforderung sein würden.

Doch sie waren bereit, sich jedem Hindernis zu stellen, das auf ihrem Weg zur Gerechtigkeit für Leo lag.

Kapitel 9

Das Polizeirevier war ein Ort, der für Leo mit unangenehmen Erinnerungen verbunden war, doch dieses Mal betrat er es mit einem Gefühl der Hoffnung. An seiner Seite waren Emma und Sophie, die Dokumentenmappen fest in den Händen haltend.

Sie wurden in ein Besprechungszimmer geführt, wo sie ihre Beweise dem zuständigen Ermittler, Detective Harris, präsentierten. Anfangs war Harris skeptisch, doch als er die Sicherheitsaufnahmen und die Zeugenaussagen sah, änderte sich seine Haltung.

«Das sind ziemlich überzeugende Beweise», gab er zu. «Wir müssen das genauer untersuchen. Ich kann nichts versprechen, aber ich werde es weitergeben. Ich gebe euch Bescheid, falls wir den Fall noch einmal öffnen.»

Ermutigt, aber vorsichtig, verließen sie das Polizeirevier. Doch kaum waren sie draußen, erhielt Emma eine beunruhigende Nachricht auf ihrem Handy. Es war eine anonyme Warnung, die klar machte, dass Jason von ihren Schritten wusste.

«Er weiß Bescheid», sagte sie, ihre Stimme angespannt. «Wir müssen aufpassen. Er könnte versuchen, sich zu rächen.»

Leo ballte die Hände zu Fäusten. «Wir lassen uns nicht einschüchtern. Wir sind so nah dran, das durchzuziehen.»

Sophie sah sich besorgt um.

«Wir sollten nirgendwo allein hingehen. Nicht bis das alles vorbei ist.»

Nachdem sie das Polizeirevier verlassen hatten, stand Emma vor einer weiteren Herausforderung: ihre Eltern. Sie hatte ihnen bisher nicht von ihrer tiefen Beteiligung in Leos Fall erzählt, aus Angst, sie könnten versuchen, sie davon abzuhalten. Doch jetzt, da die Situation ernster wurde und ihre Sicherheit auf dem Spiel stand, wusste sie, dass sie es ihnen sagen musste.

Zuhause angekommen, fand sie ihre Mutter in der Küche. Ihr Vater saß im Wohnzimmer und las Zeitung. Emmas Herz klopfte schnell, als sie sich dazu durchrang, die Wahrheit zu enthüllen.

«Mom, Dad, ich muss euch etwas Wichtiges erzählen», begann Emma zögerlich.

Sie erklärte ihnen alles – von der Entdeckung der Beweise bis zu Jasons Drohungen.

Ihre Eltern reagierten mit Besorgnis und Angst.

«Emma, das ist viel zu gefährlich», sagte ihr Vater. «Du solltest dich da raushalten und das der Polizei überlassen.»

«Ich kann jetzt nicht aufhören», erwiderte Emma fest. «Leo ist unschuldig, und wir haben die Beweise dafür. Ich kann ihn jetzt nicht im Stich lassen.»
Ihre Mutter seufzte.

«Wir verstehen, dass du helfen willst, aber wir machen uns Sorgen um dich. Bitte sei vorsichtig.»
Nach einem langen, emotionalen Gespräch versprach Emma, vorsichtig zu sein. Ihre Eltern, obwohl immer noch besorgt, erkannten, dass sie ihre Tochter nicht von ihrem Vorhaben abbringen konnten.

Später am Abend erhielten Emma, Leo und Sophie einen Anruf von Detective Harris.

«Wir nehmen die neuen Beweise sehr ernst», informierte er sie. «Wir haben eine Untersuchung eingeleitet und werden alles tun, um den Fall zu klären.»

Diese Nachricht gab ihnen neue Hoffnung. Sie wussten, dass der Weg vor ihnen immer noch schwierig sein würde, aber es war ein Zeichen, dass ihre Bemühungen Früchte trugen.

Am nächsten Morgen kam Emmas Mutter in ihr Zimmer.

«Emma, dein Vater und ich haben miteinander gesprochen. Wir machen uns Sorgen um dich. Wenn Leo aber wirklich unschuldig ist, dann hoffen wir sehr, dass das aufgedeckt wird. Da deine Ferien sowieso gerade angefangen haben, möchten wir, dass ihr euch in unser Ferienhaus zurückzieht. Nimm Sophie mit! Und ruf mich täglich an. Oder schreib mir wenigstens eine Nachricht, damit wir wissen, dass es euch gutgeht.»

«Oh danke Mama», gerührt umarmte Emma ihre Mutter.

Kurze Zeit später fuhren sie mit Sophies Auto davon, auch, damit Jason nicht direkt sah, dass Emma und Leo weg waren.

Kapitel 10

In der Abgeschiedenheit des Ferienhauses fanden Emma und Leo Ruhe und die Möglichkeit, ihre sich entwickelnden Gefühle füreinander zu erkunden.

Ihre Gespräche in den langen Abendstunden wurden zu einem Anker in der turbulenten Zeit.

Eines Nachmittags, als Sophie draußen am Ferienhaus spazieren ging, stieß sie unerwartet auf Alex, einen alten Schulkameraden, der in der Nähe wanderte.

Überrascht, aber erfreut über die Begegnung, begrüßte sie ihn warm.

Alex, neugierig über ihr plötzliches Auftauchen in dieser abgelegenen Gegend, fragte nach ihrer Anwesenheit.

Sophie, sich der Brisanz ihrer Situation bewusst, gab eine vage Erklärung ab.

«Ich verbringe nur etwas Zeit mit Freunden, um abzuschalten», erklärte sie, ohne ins Detail zu gehen.

Trotz ihres Misstrauens fand Sophie Gefallen an Alex' Gesellschaft. Er war witzig und intelligent, und seine leichte Art bot eine willkommene Ablenkung von den Spannungen und Ängsten, die sie sonst umgaben.

In den nächsten Tagen besuchte Alex sie ein paar Mal, immer mit dem Vorwand, in der Gegend zu wandern. Sophie genoss seine Besuche, blieb aber vorsichtig und teilte keine Informationen über ihre derzeitigen Aktivitäten oder Leos Situation.

Zurück im Ferienhaus verbrachten Emma, Leo und Sophie ihre Zeit mit der Vorbereitung auf die kommenden Herausforderungen.

Trotz der wachsenden Nähe zwischen Emma und Leo und der neuen Bekanntschaft von Sophie blieb die Bedrohung durch Jason allgegenwärtig.

«Wir müssen wachsam bleiben», erinnerte Leo die anderen. «Es ist gut, dass wir hier ein sicheres Versteck haben, aber wir wissen nicht, was Jason plant.»

Die Sonne war gerade untergegangen, und das Ferienhaus lag in der Dämmerung, als Emma eine beunruhigende Nachricht erhielt.

«Jemand hat gesehen, wie Jason in der Stadt nach uns fragt», sagte sie, während sie ihr Handy anstarrte.

Leo, der neben ihr stand, runzelte die Stirn.

«Wir müssen noch vorsichtiger sein. Er kommt uns zu nah.»

Sophie, die auf der Couch saß, sah besorgt aus.

«Vielleicht sollten wir überlegen, woanders hinzugehen. Einen Schritt voraus bleiben.»

Sie diskutierten ihre Optionen, kamen aber zu dem Schluss, dass ein Umzug zu riskant wäre. Das Ferienhaus bot immer noch den besten Schutz. Stattdessen beschlossen sie, ihre Ausgänge auf ein Minimum zu beschränken und stets zusammenzubleiben.

Währenddessen entwickelte sich Sophies Beziehung zu Alex weiter. Sie traf ihn weiterhin, aber sie achtete darauf, ihm keine Details über ihre Situation zu verraten. Trotzdem genoss sie die Ablenkung und begann, ihm zu vertrauen.

Eines Abends, als die Dämmerung das Ferienhaus in weiches Licht tauchte, hörten sie plötzlich Geräusche draußen. Jemand schien sich dem Haus zu nähern.

«Könnte das Jason sein?», flüsterte Emma, während Leo vorsichtig zum Fenster ging, um nachzusehen.

Draußen im schwindenden Licht sah Leo eine Gestalt, die sich dem Haus näherte.

«Jemand ist da», flüsterte er. «Wir sollten uns verstecken.»

Die bedrohliche Gestalt von Jason füllte den Eingang des Ferienhauses.

«Endlich habe ich euch gefunden», dröhnte seine Stimme durch die stille Nacht.

Panik ergriff Emma, Leo und Sophie. Sie eilten zum hinteren Fenster und zwängten sich durch die enge Öffnung, während Jasons Schritte im Haus widerhallten.

Im Dunkel des Waldes, ihr Herz schlug heftig vor Angst, rannten sie um ihr Leben. Jasons wütende Schreie verfolgten sie, als sie sich ihren Weg durch das Unterholz bahnten.

Plötzlich war der Wald zu Ende und sie stolperten auf eine Straße.

Ein Auto näherte sich schnell, und in einem verzweifelten Versuch, es zu stoppen, sprangen sie auf die Fahrbahn.

Das Auto kam mit einem Ruck zum Stehen, nur wenige Zentimeter von ihnen entfernt.

Zum Glück war der Fahrer Alex.

«Was ist passiert?», rief er, als er die verzweifelten Gesichter von Sophie und ihren Freunden erkannte.

Ohne zu zögern sprangen sie in das Auto.

«Fahr los!», rief Sophie, «ich erkläre dir alles» und Alex gab Gas. Sie konnten noch sehen, dass Jason aus dem Wald gerannt kam.

Während Alex das Auto durch die dunklen Straßen lenkte, warf er immer wieder besorgte Blicke auf Sophie und ihre Freunde im Rückspiegel.

«Wer ist das? Und warum verfolgt er euch?», fragte er, seine Stimme von Unglauben geprägt.

Sophie atmete tief durch, bemüht, ihre aufkommende Panik zu unterdrücken.

«Jason… er ist jemand aus unserer Vergangenheit. Er wurde kürzlich aus dem Gefängnis entlassen und glaubt, dass wir für seine Probleme verantwortlich sind.»

Alex runzelte die Stirn.

«Aber warum sollte er euch deswegen verfolgen? Das klingt extrem.»

«Es ist kompliziert», sagte Leo aus dem Rücksitz. «Ich wurde fälschlicherweise für ein Verbrechen verurteilt, das Jason begangen hat. Emma, Sophie und ich haben Beweise gefunden, die meine Unschuld beweisen und Jason belasten. Jetzt, da die Polizei ihn untersucht, sieht er uns als Bedrohung.»

Alex' Blick wurde ernst.

«Das ist mehr, als ich erwartet hatte. Ihr seid in echter Gefahr.»

«Ja», bestätigte Emma. «Aber wir können jetzt nicht zurück. Wir müssen das durchstehen, um Leos Namen reinzuwaschen und Jason zur Rechenschaft zu ziehen.»

Sophie fügte hinzu: «Und jetzt, wo er weiß, wo wir uns versteckt hatten, gibt es keinen sicheren Ort mehr für uns.»

Alex nickte entschlossen. «Nun, ihr seid jetzt hier bei mir sicher. Ich werde helfen, wo ich kann.»

Sophie sah Alex dankbar an. «Ohne dich... Ich weiß nicht, was passiert wäre.»
«Keine Ursache», antwortete Alex.
«Ich konnte euch doch nicht einfach da stehen lassen.»

Kapitel 11

In der Sicherheit von Alex' Haus griff Sophie zum Telefon, um Detective Harris anzurufen. Ihre Stimme zitterte leicht, als sie die Ereignisse des Abends schilderte.

«Jason hat uns gefunden. Er war im Ferienhaus. Wir sind jetzt bei einem Freund, aber wir sind nicht sicher, wie lange wir hierbleiben können.»

Detective Harris reagierte sofort.

«Wir schicken ein Team zum Ferienhaus, um nach Beweisen zu suchen. Und ich werde sicherstellen, dass eine Polizeistreife zu Ihrem aktuellen Standort geschickt wird. Bleiben Sie, wo Sie sind und halten Sie die Türen verschlossen.»

Nachdem sie aufgelegt hatten, saßen die vier in gespannter Stille. Die Realität ihrer Situation hatte sie alle schwer getroffen. Die Gefahr war realer und näher als je zuvor.

«Wir sollten uns hier nicht zu sicher fühlen», murmelte Leo. «Jason ist jetzt verzweifelt.»

Sophie nickte.

«Ja, aber zumindest haben wir jetzt Polizeischutz. Das gibt uns etwas Raum zum Atmen.»

Wenige Stunden später bestätigte Detective Harris, dass im Ferienhaus Jasons Fingerabdrücke gefunden worden waren.

«Das bestärkt den Fall gegen ihn», erklärte er. «Er ist jetzt auf der Flucht, aber wir haben alle verfügbaren Ressourcen mobilisiert, um ihn zu finden.»

In dieser Nacht wachten zwei Polizeibeamte vor Alex' Haus. Die Gruppe fühlte sich etwas sicherer, aber die Anspannung blieb.

Jedes Geräusch in der Nacht ließ sie hochschrecken.

Alex versuchte, die Stimmung zu heben.

«Wir sind hier zusammen, und wir haben die besten Chancen, diese Sache durchzustehen. Ihr seid nicht allein.»

Emma sah zu Leo.

«Egal, was passiert, wir haben das Richtige getan. Wir haben die Wahrheit aufgedeckt.»

Leo ergriff ihre Hand.

«Ja, das haben wir. Und ich werde nie vergessen, wie ihr alle für mich da wart.»

Sophie, die Alex dankbar anblickte, fühlte sich trotz der Gefahr geborgen.

«Zusammen sind wir stark», sagte sie.

Die Nacht verstrich ruhig, aber die Gefahr war noch nicht vorbei.

In der gedämpften Atmosphäre von Alex' Wohnzimmer, nur vom sanften Schein einer Tischlampe erhellt, fanden Emma und Leo einen Moment der Ruhe.

Draußen umhüllte die Nacht das Haus, eine stille Erinnerung an die Bedrohung, die immer noch über ihnen schwebte.

Emma lehnte sich gegen die Couch, ihre Gedanken wirbelten. Leo saß neben ihr, nah genug, dass sie seine Anwesenheit als tröstende Wärme spürte. In einer spontanen Regung ergriff er ihre Hand, seine Finger verflechtend mit ihren.

Emma spiele abwesend mit der Kette um ihren Hals. Ihre Finger glitten über den Anhänger, während sie nachdenklich in die Ferne blickte. Leo beobachtete sie, ein sanftes Lächeln auf seinem Gesicht, das von den Ereignissen der letzten Tage gezeichnet war.

«Danke, dass du immer an mich geglaubt hast», sagte er, seine Stimme weich, aber von tiefer Dankbarkeit durchdrungen. Seine Worte waren einfach, aber sie trugen das Gewicht seiner gesamten Erfahrung.

Emma blickte auf und lächelte zurück, ein Lächeln, das trotz der Umstände Wärme und Zuversicht ausstrahlte.

«Ich habe nie aufgehört», antwortete sie, ihre Augen trafen seine.

In diesem Augenblick war die Kette mehr als nur ein Schmuckstück; sie war ein Zeugnis ihrer tiefen Verbundenheit, ein stilles Versprechen, das sie einst als Kinder gegeben hatten und das nun, inmitten der Turbulenzen, stärker denn je war.

«Es fühlt sich an, als würde die Welt da draußen nicht existieren, zumindest für einen Moment», flüsterte er.

Emma sah zu ihm auf, ihre Augen trafen seine.

«Ja», hauchte sie. «Hier, mit dir, fühlt es sich sicher an.»

Die Nähe führte zu einem zarten Kuss, ein Versprechen von mehr inmitten des Chaos, das ihr Leben umgab. Es war ein stiller Ausdruck ihrer wachsenden Gefühle, ein Lichtblick in der Dunkelheit ihrer Situation.

In einem anderen Teil des Hauses saßen Sophie und Alex zusammen. Sophie, die sich an Alex' Seite zunehmend geborgen fühlte, lächelte schüchtern, als ihre Hand die seine streifte.

«Ich bin froh, dass du hier bist», sagte sie leise. «Deine Anwesenheit macht all das erträglicher.»

Alex sah sie mit einem warmen, aufrichtigen Blick an.

«Ich bin bei dir, Sophie. Wir kommen da gemeinsam durch.»

Die beiden Paare verbrachten den Abend in einer Atmosphäre von Nähe und Verständnis. Trotz der Gefahren, die außerhalb lauerten, boten ihnen

diese Momente ein Gefühl der Nor-
malität und des Trostes.

Die Nachricht erreichte sie früh am Morgen. Detective Harris rief persönlich an, um sie zu informieren, dass Jason nach einem Überfall auf eine Tankstelle gefasst worden war.

«Er ist in Gewahrsam», erklärte der Detective. «Sie müssen sich keine Sorgen mehr machen, dass er Ihnen Schaden zufügt.»

In Alex' Wohnzimmer atmeten alle erleichtert auf. Emma umarmte Leo fest, Tränen der Erleichterung in ihren Augen.

«Es ist vorbei», flüsterte sie.

Leo, sichtlich erleichtert, aber immer noch in Gedanken, nickte.

«Ja, endlich können wir anfangen, nach vorne zu blicken.»

Sophie, die ein Gefühl der Befreiung empfand, sah zu Alex, dessen Unterstützung in den letzten Tagen so entscheidend gewesen war.

«Danke, dass du für uns da warst», sagte sie mit einem dankbaren Lächeln.

Alex erwiderte das Lächeln. «Ich bin nur froh, dass alles gut ausgegangen ist.»

Aufgeregt ging Emma nach draußen, ihre Kamera um den Hals. Der Garten war still, die ersten Sonnenstrahlen brachen durch die Bäume und tauchten alles in ein sanftes, goldenes Licht. Sie fotografierte die friedliche Szene, die Blumen, die im Morgentau glänzten, und die Vögel, die fröhlich zwitscherten. Jedes Bild war gefüllt mit dem Gefühl eines Neuanfangs, eines friedvollen Neubeginns.

Dann wandte sie ihre Kamera dem Haus zu, wo Leo im Türrahmen stand und sie beobachtete. Sein Gesicht war vom ersten Licht des Tages beleuchtet, und in diesem Augenblick fühlte Emma, wie stark die Veränderung war, die sie beide durchgemacht hatten.

Sie machte ein Foto von ihm, ein Bild, das die Hoffnung und den Optimismus einfing, der nun in seinen Augen lag.

Als sie zurück ins Haus ging, machte Emma ein letztes Foto des leeren Tisches mit drei Tassen Kaffee, die darauf warteten, getrunken zu werden. Es war ein einfaches Bild, doch es sprach Bände über das gemeinsame Leben, das jetzt vor ihnen lag – ein Leben voller Möglichkeiten und neuer Geschichten, die erzählt werden wollten.

In den folgenden Tagen begann das Leben langsam wieder normal zu werden. Die ständige Angst und Anspannung wich einer ruhigeren Atmosphäre. Emma, Leo und Sophie planten, zu ihren Häusern zurückzukehren und ihr Leben wieder aufzunehmen.

«Die Schule fängt bald wieder an», sagte Emma. «Und wir haben noch einiges für das Abitur vorzubereiten, nicht wahr, Sophie?»

Sophie nickte.

«Ja, es wird Zeit, wieder in den Alltag zurückzukehren. Aber ich bin froh, dass wir das zusammen durchgestanden haben.»

Leo, der nun nachdenklich seine Zukunft betrachtete, sprach von seinen Plänen, vielleicht eine Ausbildung zu beginnen oder ein Studium aufzunehmen.

Sophie und Alex verabschiedeten sich mit dem Versprechen, in Kontakt zu bleiben, während Emma und Leo die Aussicht auf eine gemeinsame Zukunft genossen.

«Ich habe jetzt eine Chance auf ein neues Leben», sagte Leo.

«Ja», erwiderte Emma, «ein Leben, das wir zusammen aufbauen werden.»

Epilog

Leo saß in seinem Zimmer, den Brief in der Hand, der sein Leben verändern sollte. Die Regierung hatte ihm eine beträchtliche Summe als Entschädigung für die Zeit zugesprochen, die er zu Unrecht im Gefängnis verbracht hatte. Es war mehr Geld, als er sich jemals hätte vorstellen können.

«Das ist… unglaublich», sagte er zu Emma, die neben ihm saß. «Ich kann jetzt wirklich neu anfangen.»

Emma lächelte und drückte seine Hand.

«Du hast es verdient, Leo. Jetzt kannst du dein Leben so gestalten, wie du es möchtest.»

In der Zwischenzeit hatte die Polizei dank der gefundenen Fingerabdrücke von Jason mehrere seiner ungelösten Verbrechen aufgeklärt. Dies brachte Leo eine gewisse Genugtuung, da es half, seinen Namen vollständig reinzuwaschen.

Während Leo diese Entwicklungen verarbeitete, erreichte ihn eine Nachricht, die ihn unvorbereitet traf: Seine Eltern hatten Kontakt aufgenommen. Sie wollten sich mit ihm treffen und über die Vergangenheit sprechen.

Leo war hin- und hergerissen. Die Entfremdung von seinen Eltern war schmerzhaft gewesen, und ihr plötzliches Auftauchen löste eine Flut von Emotionen aus. Emma ermutigte ihn, das Treffen anzunehmen.

«Vielleicht ist es eine Chance, einige Dinge zu klären», sagte sie.

Das Treffen mit seinen Eltern war angespannt und emotional. Sie entschuldigten sich für ihr Verhalten, erklärten, wie überfordert sie damals waren und wie sehr sie es bereuten, ihn im Stich gelassen zu haben.

Leo hörte zu, kämpfte mit seinen eigenen Gefühlen der Wut und des Verrats.

«Es wird Zeit brauchen», sagte er schließlich. «Aber ich bin bereit, daran zu arbeiten. Vielleicht können wir irgendwann wieder eine Beziehung aufbauen.»

Nach dem Treffen fühlte sich Leo erleichtert, aber auch erschöpft. Er wusste, dass der Weg zur Versöhnung lang sein würde, aber er war bereit, ihn zu gehen.

Emma, Sophie und Alex unterstützten ihn dabei, seine Gefühle zu verarbeiten und seine Zukunft zu planen. Mit der finanziellen Entschädigung und der Aussicht auf einen Neuanfang sah Leo eine Welt voller Möglichkeiten vor sich.

Die Galerie war hell erleuchtet und voller Menschen, die sich unterhielten und die ausgestellten Fotos bewunderten. In der Mitte des Raumes stand eine strahlende Emma, neben Leo, der mit stolzem Lächeln an ihrer Seite war.

Sie hatten gemeinsam Emmas Fotografien für die Ausstellung vorbereitet, eine Sammlung, die ihre tiefgründigen Erfahrungen während der schwierigen Zeit ihres Lebens festhielt.

In der Mitte der belebten Galerie, umgeben von ihren ausgestellten Fotografien, stand Emma, ihre Kamera in der Hand. Sie machte Fotos von den Gästen, die ihre Werke betrachteten. Ihr Blick fiel auf ein älteres Paar, das vor einem ihrer emotionalsten Fotos stand – dem Bild von Leo im Türrahmen.

Sie beobachteten es lange, und Emma konnte in ihren Augen eine Mischung aus Bewunderung und tiefer Nachdenklichkeit erkennen.

Dann wandte sie sich einem jungen Mädchen zu, das staunend vor dem Foto von dem leeren Tisch mit den Kaffeetassen stand. Emma hielt diesen Moment fest, das Bild einer neuen Generation, die von den Geschichten, die ihre Fotos erzählten, berührt wurde. Ein Pärchen stand vor einem Bild, das sie von ihrer Halskette gemacht hatte, das Symbol der Verbindung mit Leo und das Zeichen, dass sie immer an ihn geglaubt hatte.

Emma gesellte sich zu Sophie, Alex und Leo.

«Schaut mal, das ist der Moment, als alles begann», sagte Emma, als sie auf eines der Bilder zeigte. Es war ein Foto, das sie heimlich während ihrer Recherche gemacht hatte, ein Bild, das sowohl die Angst als auch den Mut jener Tage einfing.

«Das ist unglaublich, Emma», sagte Sophie. «Du hast wirklich ein Auge für das Besondere.»

«Danke», erwiderte Emma. «Diese Bilder erzählen unsere Geschichte – eine Geschichte von Angst, Hoffnung und letztlich von Sieg.»

Leo, der neben ihr stand, legte einen Arm um ihre Schulter.

«Ich bin so stolz auf dich», flüsterte er.

«Und ich bin dankbar für jeden Moment, den wir zusammen verbracht haben.»

Sophie und Alex tauschten einen liebevollen Blick aus. Seit ihrem ersten Treffen hatte sich viel verändert. Sie waren jetzt ein Paar und unterstützten sich gegenseitig in ihren jeweiligen Bestrebungen.

«Und wie steht es mit euch beiden?», fragte Leo, als er sich an Sophie und Alex wandte.

«Wir planen gerade unsere erste gemeinsame Reise», antwortete Alex. «Es ist eine aufregende Zeit.»

Während sie durch die Galerie schlenderten, reflektierten sie über die ver-

gangenen Ereignisse und wie diese sie
geprägt hatten. Trotz der Herausforderungen hatten sie Momente des Glücks
und der Liebe gefunden.

Emma, die nun mit Leo in seinem Haus
lebte, sah eine Zukunft voller Möglichkeiten vor sich. Ihre Auszeichnung für
die Fotografie war nur der Anfang.

«Wir haben alle eine zweite Chance
bekommen», sagte sie. «Eine Chance,
das Leben zu leben, das wir uns immer
gewünscht haben.»